En tur til Malmö
og 11 andre gribende skæbnefortællinger

Eva Nølke

Den prisvindende novelle

En tur til Malmö

og 11 andre gribende
skæbnefortællinger

BoD

© 2020 Eva Nølke
Omslag: Sebastian V. H. Jensen
Fotografi: Morten Degn, mortendegn.com
Grafik: Kim Jensen, KKT
Portrætfoto: Henrik Løvig Nielsen
Forlag: BoD - Books on Demand, København, Danmark
Tryk: BoD - Books on Demand, Norderstedt, Tyskland
ISBN: 978-87-4302-753-9

Til mine forældre
Tak for jeres støtte

Indhold

KÆRE LÆSER

Tak, fordi du har valgt at kigge inden for i min verden.

Den novellesamling, du nu sidder med i hånden, har været længe undervejs. De første noveller i samlingen blev skrevet helt tilbage i 2002, hvor jeg rejste rundt i Sydfrankrig i tre måneder i en autocamper med min daværende mand. Jeg var næsten nyuddannet biolog og havde igennem studietiden valgt at fokusere al min opmærksomhed på studierne. Jeg havde derfor ikke skrevet noget skønlitterært de seneste mange år.

En dag spurgte min daværende mand mig, om jeg egentlig stadig kunne skrive? Jeg svarede kækt "Ja, selvfølgelig!". Vi rullede markisen ind, slog trappen op og kørte til den nærmeste kiosk i en lille, støvet, fransk landsby. Her forsynede jeg mig med en stak blokke og en håndfuld kuglepenne, og så var kursen sat mod nye skønlitterære eventyr!

Jeg gav mig selv den udfordring, at jeg de næste syv dage ville skrive en ny novelle hver dag. Som sagt, så gjort. Alle novellerne blev skrevet i hånden, nogle med udsigt over vandet og store flamingoflokke, andre ved stearinlysets skær i bjergenes stilhed. Efter syv dage havde jeg starten på denne lille novellesamling.

Da vi igen kom hjem til Danmark, havde min mor set en novellekonkurrence i Jyllands-Posten, og da man kunne deltage anonymt, samlede jeg modet og sendte en af de syv noveller fra autocamperen afsted. Stor var min overraskelse, da jeg noget tid senere en fredag aften midt i gæstemaden blev ringet op af kulturredaktør Sven Bedsted fra Jyllands-Posten! Han kunne fortælle mig at min novelle 'En tur til Malmö' havde vundet førstepræmien blandt 940 indsendte noveller.

'En tur til Malmö' blev bragt i Jyllands-Posten tirsdag d.3.juni 2003. Siden har den været publiceret på litteraturportalen lifli.dk, og nu har den altså fået lov til at lægge navn til denne novellesamling.

I årene efter novellekonkurrencen sluttede flere nye noveller sig til samlingen. Desværre blev jeg ramt af sygdom og måtte derfor opgive at gøre mere ved min drøm om at udgive novellerne. Drømmen levede dog videre, og i dag er det endelig blevet muligt for mig at gøre den til virkelighed. Det er jeg utroligt taknemmelig for.

Novellesamlingen indeholder 11 skæbnefortællinger og til slut et lille eventyr. Selvom eventyret adskiller sig markant fra de andre noveller, har de alligevel skæbneelementet tilfælles. Derfor har jeg valgt at medtage det her.

Inden jeg ønsker dig god læselyst, vil jeg gerne takke mine forældre Bente og Henning Nølke, min datter Helena Phi Nølke og min søster Tanja Nølke for at have gennemlæst og diskuteret novellerne med mig samt at have støttet mig under hele udgivelsesprocessen. Ligeledes takker jeg Bjørg Pipaluk Skovsende Motzfeldt for gennemlæsning og konstruktiv kritik af teksterne samt hjælp med udgivelsen og Sebastian V. H. Jensen for hjælp med layout og udgivelse.

Og så er der bare tilbage at ønske rigtig god fornøjelse med novellerne!

EN TUR TIL MALMÖ

Vinder af Jyllands-Postens novellekonkurrence 2003

Hun skubber gardinet let til side og kigger ud. Vejret er gråt. Træerne svajer i vinden. Bladene danser gennem haven. Fra stuehjørnet høres urets monotone lyd, tik tak, tik tak. Luften er tung, uforanderlig. Han sidder i hjørnet i den bedste stol. Avisen ligger på brystet, brillerne hænger om halsen. Øjnene er lukkede, munden åben. Hun var ung, da hun første gang mødte ham, kun lige færdig med skolen. Han var en rigtig mand. Høj, flot og velklædt. Hun blev overrasket, smigret, da han viste interesse for hende. Han tog hende med i byen, behandlede hende som en dame, fortalte hende om verden. Hun følte sig voksen. Forældrene vidste det ikke, det var det nemmeste. Indtil den dag. Hun var kun lige fyldt sytten, da det gik op for hende. Hun skammede sig, prøvede at skjule det, kunne ikke se forældrene i øjnene. Hun turde ikke mødes med ham, vidste ikke hvad hun skulle sige. Moderen greb hende med hovedet over toilettet, og hun brød grædende sammen. Hun var ulykkelig, ville gøre det om, men det nyttede ikke. Først græd

13

moderen, mens faderen skældte ud. Så blev de begge tavse. Det var det værste. Hun kunne mærke deres skuffelse. Faderen opsøgte manden, der havde bragt hende i ulykke. En måned senere blev de gift. Et lille bryllup for den nærmeste familie. Veninderne så misundeligt til, bagefter så hun ikke meget til dem. For hende var ungdommen slut. Hun flyttede ind i hans lille lejlighed og ventede barnet. Hun smiler for sig selv. Hvor verden har forandret sig siden da. Hans tunge vejrtrækning blander sig med lyden fra uret. Han rejste meget, var meget væk. Han var forretningsmand, det var alt, hvad hun vidste. Hun passede drengen og senere hans to brødre. En gang tog han dem alle sammen med til Malmö. De tog båden og var væk hele dagen. Han fortalte om byen og landet. Hun lyttede, lige så optaget som børnene. Han købte et billede af havnen til hende. Hun tog det med hjem og hængte det op i køkkenet. Da de flyttede i hus, fulgte billedet med hende. Hendes blik glider over billederne på væggen. Børnene og børnebørnene dækker den ene væg og smiler til hende. Hun smiler tilbage. De er spredt for alle vinde, bor alle sammen langt væk. Af børnebørnene opholder tre sig i udlandet, de gør fine karrierer. En gang imellem modtager hun et farverigt kort, der fortæller om vejret og maden. Hun hænger dem op i køkkenet ved siden af billedet af havnen. Hun betragter sin mand. Hans hår er forsvundet, kræfterne er væk. Hans liv afhænger af den rigtige håndfuld piller morgen og aften. Hun kender ham ikke mere, alligevel har han aldrig forandret sig. Hun fører hånden hen over brystet, mærker efter. Den er der endnu, hendes hemmelighed. Uret slår tre tunge slag. Ekkoet af det sidste slag hænger et kort øjeblik i luften, så vender stilheden tilbage. Han drejer hovedet lidt, forstyrret i sin søvn. Hun piller ved kataloget på bordet. Det kom med posten tidligere på dagen. Hun har endnu ikke åbnet det, kun kigget på forsiden. Et ungt par på en strand med hele livet foran sig. Hun opdagede det først for en måned siden. En tilfældig dag, da hun stod ud af badet. Hun gik til lægen for en sikkerheds skyld, for at få tvivlen væk. Han sendte hende videre på hospitalet. De gav hende tre måneder, måske et halvt år. Hun kigger igen på kataloget, lader fingrene glide over det glatte papir. Hun tager mod til sig, åbner det. Farverne springer hende i øjnene med løfter om en forbedret fremtid. Hun suger det til sig, mennesker på restaurant, i byen, børn i en swimmingpool. Hun lader sig opsluge. Går gennem gaderne, ser på blomsterne, prøver hotellets bedste seng. Priserne står først i tillægget med småt. Hun finder brillerne frem, lader øjnene shoppe. En enkelt uge med fuldpension, mærke livet, suset, blot en enkelt gang. Der kunne godt blive råd. Hun bladrer tilbage, sammenligner stederne, vurderer, uden noget grundlag. Han vågner med et sæt, som af en ond drøm. Han stønner let og retter sig op i stolen. Hun smækker kataloget i og skubber det ind under ugebladet. Hun føler sig skyldig, grebet på fersk gerning. Han tager brillerne på, ryster avisen. Kommer i tanke om klokken og kigger på uret. Det er kaffetid. Han læser videre, fortsætter hvor han slap. Hun går ud i køkkenet og sætter kaffen over. Hun ser ud ad vinduet, ud på gråvejret. Sidde i skyggen under parasollen, få kaffen serveret. Slentre langs stranden i solnedgangen. Drømmene i kataloget har gjort længslen hos hende stærkere end nogensinde. Hun fører igen hånden hen over brystet, uden at tænke over det. Bare én gang. Hans stemme kalder på kaffen, den må da snart være færdig. Hun hælder kaffen på kanden og arrangerer kopperne. Med forsigtige skridt bærer hun det ind i stuen og hælder en kop op til ham. Hun sætter den på bordet. Hun bliver stående et øjeblik og kigger, mens kaffekoppen forsvinder bag avisen. Han sænker avisen. "Ja?", siger han og ser på hende.

Hun ryster på hovedet, skænker en kop kaffe til sig selv og sætter sig på sin plads ved vinduet. Stilheden fylder igen stuen. Den eneste forandring er lugten af kaffe. Hun tager en dyb indånding. "Jeg tænkte…", siger hun og går i stå. Han sænker på ny avisen. Hendes fingre piller ved blusen, han venter tålmodigt. "Jeg tænkte", denne gang er hun fast besluttet, "at vi måske kunne tage på en rejse". Overraskelsen er tydelig. "En rejse?", "Ja, en rejse". Hendes gamle hjerte slår lidt hurtigere, mens hun ser forventningsfuldt på ham. Hotellerne og restauranterne passerer for øjnene af hende. Hans stemme punkterer drømmen, "Jeg har rejst så meget". Hendes øjne vandrer hen over stuegulvet og tilbage til ham igen. Hun har stadig hans opmærksomhed. "Vi har så kort tid tilbage", hendes stemme er næsten uhørlig, men skærer sig alligevel vej gennem luften. Han studerer hende, ser på hende som havde han ikke set hende i lang tid. Han synes at fornemme hendes tanker, hendes bekymringer og omsorg for ham. Han folder avisen sammen og lægger den i skødet. Han ser hende i øjnene og nikker let. "Jamen, så lad os tage en tur til Malmö", siger han.

I PARASOLLERNES SKYGGE

Bølgerne skvulper roligt ind på stranden. Solen står højt på himlen og får den brede, hvide sandstrand til at leve op til reklamerne. I strandkanten leger børnene, mens forældrene holder øje fra liggestolene under parasollerne. Han bevæger sig langsomt hen ad stranden, tynget af de store poser på ryggen. En bred stråhat skåner hans magre ansigt, men de bare, sorte arme suger solvarmen til sig. I hans hjemland blev de varmeste timer tilbragt i skyggen sammen med familien og vennerne. Som barn samledes han med sin far og fire brødre i den skyggefulde gård under det store akacietræ, mens moderen og hans to søstre serverede frokosten. Bagefter drak de stærk te af små farvede glas. Snakken var livlig og glæden stor. Da faderen gik bort, var det ham, der samlede familien, og hans kone, der hjalp moderen med maden. Han løfter blikket og kigger frem mod de uendelige rækker af liggestole, der venter forude. Stemningen under parasollerne er let og afslappet. Et enkelt sted græder et lille barn, men får hurtigt en sut i munden og bliver trøstet af sin moder. Han ser ham for sig. Den lille spæde dreng, der skrigende bliver lagt i hans arme. Han vugger ham blidt frem og tilbage, indtil han bliver helt stille og falder i søvn. Han husker det endnu, hvert eneste sekund. Følelsen af at være blevet far. Det varme sand trænger ind i hans slidte sandaler og gnaver i fødderne. Han bemærker det ikke. Hans blik glider ud over vandet. Langt borte, dér på den anden side af havet, venter han på ham. Han nærmer sig forsigtigt den forreste liggestol. Den hyggelige stemning under parasollen forvandles. Kvinden vender ryggen til ham, inden han når at åbne munden. 'Undskyld', siger han med svag stemme og lader rutineret de store poser glide ned ad ryggen, ned på sandstranden. 'Nej tak', svarer kvindens mand. Uden at skabe øjenkontakt vifter han ham væk med den ene hånd. Han samler poserne op og bevæger sig videre til den næste lille ferieø. Han ser igen den lille dreng for sig, liggende i sengen ved siden af moderen. Hun er syg. Sveddråberne glider som skinnende perler ned over den feberhede pande og videre ned over hendes kønne ansigt. Han tørrer dem af med en våd klud. Drengen græder. Han trøster ham, vugger ham frem og tilbage, til han sover trygt. Han lader på ny poserne glide ned ad ryggen og forsøger at smile til den kraftige kvinde under parasollen. Hun griber straks ud efter sin taske og knuger den ind til sig. Med hurtige håndbevægelser vinker hun ham videre hen ad stranden. Han samler poserne op og fortsætter frem. Endnu en gang står han med den lille dreng i armene. De har deres fineste tøj på. De kigger ned i det mørke hul. Om aftenen vugger han ham igen i søvn, mens han forgæves kalder på sin mor. Den næste lille ferieoase gemmer et velnæret, ældre ægtepar. Kvindens rødblomstrede badedragt skjuler kun dårligt de mange hudfolder på maven, men matcher til gengæld mandens forbrændte krop. Poserne finder som så mange gange før vej ned i sandet, og denne gang lykkes det ham at få øjenkontakt. 'Undskyld', prøver han igen. Kvinden nikker. 'Lad mig se', siger hun overbærende og lægger sig godt til rette. Han løsner langsomt posernes bånd. De fint udskårne træfigurer bliver placeret i sandet side om side med stofpungene og sølvsmykkerne. Kvinden lader øjnene vandre hen over sagerne. Manden tager en slurk af sin øl. Han løfter en træmaske op mod dem. 'Den er fra Ghana', siger han. Ingen af dem reagerer. Han prøver med et traditionelt halssmykke og en farverig pung: 'Vi finder en god pris'. Kvinden ryster på hovedet. Hun siger noget til manden på deres eget sprog. Han løfter en mørk kvindefigur spørgende op imod dem. Den lugter underligt brændt i den varme sommerluft. Han mærker varmen og røgen. Hurtigt løber han tilbage mod huset og løfter den lille dreng op. Han kaster sig ud ad døren og ser til fra gården, mens huset styrter sammen. Drengen hoster, og tårerne løber ned ad kinderne. Han har brandsår på armen og på kroppen. Han bringer ham til hospitalet. Drengen må indlægges. Gederne og størstedelen af høstudbyttet forsvinder. Kvinden peger på en træfigur af en elefant. Han tørrer den skyndsomt af i skjorten, inden han rækker hende den. Hun vender og drejer figuren. Hun ryster på hovedet og rækker den tilbage til ham. Hun peger på en anden elefant. Han tørrer den atter af og rækker den til hende. Hun ser undersøgende på den og veksler et par ord med manden. Drengen bliver rask igen, trods en vansiret arm og krop. Han overtaler sin ældste broder til at passe ham, mens han selv søger arbejde. Der er ikke noget at få. Drengens fremtid virker tabt. Da er det, han hører om muligheden for at komme til Europa. Det koster penge, mange penge, langt flere end han selv kan samle. Familien låner ham pengene, mod tilbagebetaling efter ankomsten. Han får en plads på båden. 'Hvor meget skal du have?', den storblomstrede kvinde river ham tilbage til nutiden. 'Tolv', svarer han. Kvinden og hendes mand slår en latter op. Hun rækker elefanten tilbage mod ham og ryster på hovedet. 'Hvor meget, vil du give?', spørger han uden at tage imod figuren. 'Jeg er slet ikke interesseret til den pris', svarer hun. Manden tager en slurk af sin øl og kigger på ham: 'Den er ikke mere værd end tre'. Han ryster på hovedet. Han kan ikke sælge til den pris, han har brug for pengene. 'Ti', siger han, 'det er en god pris'. Manden ryster på hovedet, og kvinden lader elefanten dumpe ned i sandet. I baggrunden høres nogle høje plask. Et barn morer sig med at kaste medbragte sten i vandet. Forældrene ser uinteresserede til. Lyden af plaskene giver ham en pludselig kuldegysning midt på den varme strand. Han ser de sorte kroppe for sig. En efter en ender de med et tørt plask i det mørke vand og forsvinder i dybet. Han klamrer sig til skibets ræling og til livet, uge efter uge. Han ryster tanken væk og samler elefanten op. Han tørrer sandet af og rækker den igen frem mod kvinden. 'Otte', siger han, 'en god pris specielt til jer'. Kvinden ryster igen på hovedet: 'Vi vil give fire, ikke mere'. Hans krop er træt og hovedet varmt. Alligevel smiler han til kvinden og forsøger at skubbe elefanten over i hendes hænder. 'Giv mig syv', siger han, 'jeg skal også kunne leve af det'. Hun snakker igen på sit eget sprog, og han venter tålmodigt. Hver måned sender han det lille overskud hjem. Først når han er færdig med at afdrage gælden til familien, kan opsparingen gå til drengen. Kvinden finder sin pung frem. 'Her', siger hun og rækker ham fem, 'det er en god pris, så må du tage den eller lade være'. Han kigger på sedlen. Betalingen vil kun lige række til hans egen mad, der vil ikke blive noget tilovers. Han kigger kvinden i øjnene. Hendes ansigt er udtryksløst, der er ikke mere at forhandle om. Han trækker vejret dybt og tager imod pengesedlen. Kvinden tager elefanten og stopper den ned i strandtasken til solcremen og ugebladet. Han griber en ny træfigur og holder den frem imod hende. 'Nej', siger hun, 'nu må det være nok'. Hun tager solbrillerne på og vender sig om på ryggen. Manden får fat i en ølsælger og bestiller to store, kolde øl. Han samler tingene sammen og kommer dem tilbage i poserne. 'Tak', siger han stille og rejser sig. Kvinden nikker hurtigt, inden hun tager imod den kolde øl. Han kigger fremover stranden og de endeløse rækker af liggestole. En dag, når han har tjent penge nok, vil han forlade stedet og rejse hjem over vandet. Han vil give drengen et rigtigt hjem og en god skolegang. Tanken får et lille smil frem i hans udtørrede ansigt. Han slynger poserne over skulderen og begiver sig afsted, som han har gjort det hver eneste dag i de sidste mange år.

SLANGEFODER

Han stak hånden ned i lommen og mærkede den bløde pels mod huden. Det kildede på fingrene. Han havde straks bemærket den. Den sad i det ene hjørne af kassen helt for sig selv, tilsyneladende uden at bekymre sig om de mange hoveder, der kiggede ned. Det var i det store frikvarter, at Jens pludselig havde trukket kassen frem af den hemmelighedsfulde pose, han havde haft stående ved bordet hele formiddagen. De var alle sammen stimlet sammen omkring kassen i midten af klasselokalet. "Nej, hvor er de søde", havde pigerne sagt, og drengene havde prikket lidt til dem. "Min mor siger, at de skal afleveres hos dyrehandleren, fordi vi ikke har plads til dem", havde Jens forklaret, "men min storebror siger, at dyrehandleren bruger dem som slangefoder". Der var gået et gys gennem klassen, og alle ville have de små fyre med hjem. De gik fra hånd til hånd, og der var stor uenighed om, hvem der var den sødeste. Han havde stået lidt i udkanten af gruppen og kigget ind på kassen. Og han var blevet stående til slutningen af frikvarteret, hvor interessen efterhånden var dalet. De fleste var blevet enige om, at de alligevel ikke kunne tage dem med hjem. Da der kun var nogle få tilbage i klasselokalet, havde han nærmet sig kassen og kigget på den lille brune fyr i hjørnet. Han havde strakt armen ned og forsigtigt løftet den op. Først havde den siddet roligt i hans håndflade, så var den kravlet op i ærmet på ham. Da var det, at klokken havde ringet ind. Jens havde smækket låget på kassen, og han havde beholdt dyret i ærmet. "Bare rolig", havde han hvisket til det, "du skal ikke blive til slangefoder". Inden læreren var ankommet, havde han nået at sætte dyret lige så forsigtigt ned i den tomme madkasse. Nu gik han så med dyret i lommen på vej hjem. Det varmede og rumsterede under tøjet på ham. Han gik gennem parken for at plukke græs og mælkebøtter med hjem. Dyret skulle jo have noget at spise. "Jeg skal nok passe på dig", hviskede han flere gange ned i lommen. Da han drejede ind i gården, kiggede han automatisk efter, om cyklen holdt der. Det gjorde den ikke. Han skyndte sig op ad trappen og låste sig ind i forvisning om, at han var alene hjemme. Inde på værelset fandt han en gammel æske med fodboldblade. Han tømte æsken ud i bunden af skabet og fyldte græs og mælkebøtter i sammen med den halve kiks, han havde liggende på skrivebordet fra aftenen før. Så satte han forsigtigt det lille dyr ned i æsken. Dyret løb en omgang i æsken og begyndte så at gnave i kiksen. Han lagde sig på maven og iagttog det. Stille og roligt tyggede det sig vej gennem kiksestumpen. Han strøg det forsigtigt over ryggen. "Du skal hedde Mister", sagde han. Det var et ord, han havde lært, den gang hans mor fik besøg af manden i det fine jakkesæt. "Du skal huske at sige Mister til ham", havde hun formanet ham hver gang, inden det ringede på døren. Han havde aldrig forstået hvorfor, men han havde alligevel heller ikke kunnet forstå, hvad manden sagde til ham. Så han havde mest siddet i hjørnet af stuen og lyttet til det underlige sprog og moderens latter. Nu kom manden i det fine jakkesæt ikke mere forbi. Om aftenen, når moderen var hjemme fra arbejde, sad hun alene i sofaen og kiggede ud i luften. Han selv blev siddende i hjørnet uden at sige noget. Lyden af en nøgle, der blev stukket i døren, fik ham til at fare op. Dyret blev uroligt ved den pludselig bevægelse, men han havde ikke tid til at trøste det. Hurtigt kom han låg på æsken og skubbede den ind under sengen. Moderen bar varerne ud i køkkenet, så kom hun ind på hans værelse. "Har du lavet dine lektier?", spurgte hun. Han rystede på hovedet og begyndte at finde sine bøger frem. Han åbnede en af dem. Han kunne høre lyden af gryder, der blev fundet frem, og kartofler der blev hældt op i vasken. Nede i gården startede en knallert. Han listede sig forsigtigt hen til sengen og stak hovedet ind under den. "Jeg skal nok tage dig ud senere", lovede han. Aftensmaden blev spist i stilhed. To frikadeller og en bunke kogte kartofler. Han hjalp moderen med opvasken, og så satte de sig ind i stuen; hun i sofaen, han i hjørnet. Hans tanker kredsede hele tiden om hemmeligheden under sengen. Han havde lyst til at fortælle hende det hele, men turde ikke. Han vidste, at hun ikke brød sig om dyr. Hans bedstemor havde haft to undulater. Han havde snakket med dem, hver gang de besøgte hende. Den dag bedstemoderen pludselig ikke var der mere, havde han troet, at undulaterne skulle hjem til dem og bo. Han havde endda fortalt dem det, men moderen havde taget buret og afleveret det hos dyrehandleren. Mon de var blevet til slangefoder? Spiste slanger undulater? Han rystede på hovedet. Bedstemoderen ville have forstået hans hemmelighed. Da det endelig blev sengetid, kunne han høre det lille dyr pusle rundt i æsken under sengen. "Godnat", hviskede han ud i mørket. Timerne sneglede sig af sted i skolen dagen efter. Hans tanker var hele tiden ved dyret derhjemme, og flere gange greb læreren ham i at dagdrømme.

Da det endelig ringede ud, løb han hele vejen hjem gennem parken. Han stoppede kun for at plukke græs. Cyklen var heller ikke i gården denne dag, så han skyndte sig op og låste sig ind. Inde på værelset havde en svag, ubehagelig lugt bredt sig. Han kastede sig ned på maven og trak æsken frem. "Så er jeg hjemme", sagde han, "Jeg har mad med". Han løftede låget af æsken og udstødte et gisp. Der var gnavet et hul i det ene hjørne af æsken, og dyret var væk. "Mister", kaldte han, "Mister, hvor er du?". Han kiggede under sengen, under reolen, inde i skabet. Mister var væk. "Hvor er du?", nærmest råbte han med desperat stemme. I det samme stak moderen nøglen i døren. Ude af sig selv skubbede han den tomme æske ind under sengen. Han kiggede febrilsk til alle sider, men kunne ikke se dyret nogen steder. Moderen kom ind ad døren med en taske under armen og en pose i den ene hånd. "Har du lavet dine lektier?", spurgte hun, da hun så ham. Han rystede på hovedet og rodede i skoletasken. Så snart moderen havde hængt jakken op og var gået ud i køkkenet, kastede han sig igen ned på maven og kiggede under sengen og rundt på gulvet. Et skrig fra køkkenet fik hans verden til at gå i stå. Der lød et højt brag, lyden af noget tungt, der blev slået i gulvet. Han kiggede frem fra under sengen.

Tårerne steg ham i øjnene. Han turde ikke komme ud. Pludselig så han en lille brun uldtot komme pilende hen over gulvet og ind under sengen til ham. Den forsvandt ind i hans ærme. "Mister, der var du!", han jublede af glæde, men glæden blev forvandlet til frygt, da han så moderen stå i døren med stegepanden i hånden. Hun kiggede hårdt på ham. "Er der noget, du vil fortælle mig?", spurgte hun vredt. Han kravlede langsomt frem fra under sengen, mens han fik rystet Mister ud af ærmet og ned i lommen. "Det er, det er…", begyndte han, men gik i stå, da han så moderens vrede øjne. "Det er en rotte", råbte hun, "det er, hvad det er!". "Jamen, den er tam", fik han fremstammet. "Den skal ud, og det skal være nu!", moderen var nærmest hysterisk. "Jamen", forsøgte han igen. "Ikke noget jamen", moderen var nådesløs, "du har bragt den inden for døren, du må skaffe dig af med den igen". "Hvis jeg ser den en gang til, rammer jeg ikke ved siden af", truede hun. Som i en drøm rejste han sig, gik ud og tog sin jakke på. "Kom ikke tilbage, før du er sluppet af med den", råbte moderen ned af trappen efter ham. Han knugede det lille varme dyr til sig i lommen. Tårerne pressede sig på, men han forsøgte at holde dem tilbage. Med tunge skridt gik han hen mod dyrehandleren. Han kiggede ind ad ruden. Et bur med kaniner stod ved siden af store sække med hundefoder. På væggen hang der legetøj og tyggeben. Det lille dyr rørte på sig, det peb lidt. Han knugede det hårdere. Nej, tænkte han, ikke slangefoder. Med beslutsomme skridt gik han over mod parken. Han gik hen ad stien og om bag en busk. Han kiggede til alle sider. Der var ikke nogen, der så ham. Forsigtigt tog han det lille brune dyr op af lommen. Han trykkede det hårdt ind til brystet, og en tåre trillede ned ad hans kind. Han strøg det over ryggen. "Løb ud og find dig en familie", hviskede han til det, "og pas godt på kattene". Så satte han det forsigtigt ned på jorden ved busken. Han aede det på hovedet. "Løb så", sagde han, men dyret blev siddende helt stille. Han rejste sig. "Løb nu", gentog han lidt utålmodigt. Dyret rørte sig ikke. Han prikkede forsigtigt til det med foden. Det trillede om på siden. "Løb, sagde jeg", man kunne fornemme vreden i hans stemme. Med en hurtig bevægelse sparkede han det livløse dyr ind under busken. "Jeg holdt, hvad jeg lovede", sagde han, "ikke noget slangefoder". Så vendte han sig og gik hjem.

HAVNEN

Taxaen ruller ind på Europaplads. En flok dovne duer letter modvilligt og lander igen få meter derfra. Han sidder på bagsædet, som altid iført jakkesæt og silkeslips. Håret er nykæmmet, hænderne velplejede, blikket fraværende. Han bøjer sig frem og beder chaufføren vente, med bagagen som forsikring. Han stiger ud. Vejret er gråt og køligt, men stille. Dansk efterår. Han kigger sig kortvarigt omkring, iagttager bilernes pendulfart frem og tilbage, cyklister og fodgængere, der haster af sted med hvert deres formål. Så sætter han beslutsomt kursen mod havnen. Lugten af tjære og saltvand finder vej til hans næsebor, og han tager en dyb indånding. Han går langs kajen. En gruppe af havnearbejdere passerer tæt forbi på vej til frokost. De snakker og ler. Han husker, hvordan det var. Den friske luft, frihed, sammenhold og fyraftensbajere. Han havde ikke været der længe, før han vidste, det var her hans fremtid lå. Men hans ambitioner nåede højere end til blot at læsse kasser og flytte rundt på containere. Han fortsætter. Iagttager kranernes monotone bevægelser i det fjerne. Op og ned, frem og tilbage. Uden ende. Han stopper, da han når til den velkendte bygning. Det var her, det hele begyndte. Det var her, han startede som shippingelev, da studentereksamen var veloverstået. Det var en hektisk, men spændende tid. Fuld af energi, nyskabelse og overskud. Og med en stigende grad af udlængsel for hvert skib, der blev sendt af sted. Hans blik flakker langsomt væk fra kontorvinduerne og fortsætter ud over vandet. Forbi skibene og videre ud mod horisonten. Benene sætter i gang igen, fører ham autonomt hen til lygtepælen. Det var her, de mødtes første gang, sådan for alvor. I frokostpauserne gik han altid tur på havnen. Nød lydene, duftene, mylderet og de eksotiske islæt. En sommerdag kom hun trækkende med sin røde cykel. Iført en let, hvid sommerkjole og med det gyldne hår flagrende bagud. Han smilede til hende, og solen varmede så dejligt. Næste dag gentog det sig. Og næste igen. Smilene blev større, og dette korte øjeblik blev pludselig det vigtigste på dagen. Efter en uge tog han mod til sig, stoppede hende. Sagde han havde lagt mærke til hende, komplimenterede hendes kjole. Hun smilede lidt genert, men øjnene strålede om kap med hans. Hun var lige færdig med gymnasiet og ledte nu efter et job, så hun kunne spare sammen. Hun drømte om at komme ud at rejse. De stod længe og smilede til hinanden, uden at have behov for flere ord. Så kom han i tanke om tiden. Pausen var for længst gået. Han tog mod til sig og bad om hendes telefonnummer. Han ville gerne invitere på en kop kaffe. Han gemte den lille lap med hendes sirlige håndskrift i inderlommen, tæt på hjertet. Det var som om, han kunne mærke papiret brænde igennem skjorten. Han stryger hånden ned over lygtepælen, og et lille smil finder vej til hans professionelle ansigt. Ja, det var lige her, de mødtes første gang. Det går op for ham, hvor han befinder sig. Han trækker hånden til sig, retter sig op, lægger ansigtet i de vante folder. Blikket forsvinder igen ud over vandet. Hvad laver han egentlig her? Hvorfor er han her? Han husker det. Den logiske forklaring. Han er på vej til et vigtigt møde, men i alt for god tid. De blev hurtigt kærester og brugte al den tid, de kunne stjæle, sammen. Hans elevtid lakkede mod enden, og udlængslen blev ikke mindre. Derfor var beslutningen ikke svær, da han blev tilbudt jobbet i Hong Kong. Den næste beslutning virkede lige så naturlig. Han satte hende stævne en halv time senere, på havnen, ved lygtepælen. Deres lygtepæl. Et hurtigt smut forbi blomsterhandleren, og han var klar. Hun blev overrasket, men sagde ja på stedet. Han rejste sig og omfavnede hende. Svingede hende rundt og rundt og mærkede glædesrusen besætte kroppen helt ud i den mindste celle. Det blev et hurtigt bryllup på rådhuset, men de havde ikke brug for mere. Det lykkedes ham at få plads på et af de store krydstogtsskibe, der passerede havnen få dage efter brylluppet. De havde for første gang fjorten dage sammen, helt alene, kun de to. Og forude ventede resten af livet. Han tager en dyb indånding og fortsætter frem mod de store containerskibe. I Hong Kong blev de installeret i en lille, men lys lejlighed med udsigt over byen og havnen. De havde en uge sammen, inden arbejdet begyndte, og den blev udnyttet til sidste sekund. De gik igennem gaderne og indsnusede alle duftene og lydene. Oplevede farverne og musikken. Spiste på små fortovsrestauranter og snakkede med de lokale. De levede en drøm, de var lykkelige. Endnu et smil forsøger at presse sig på, men forgæves. Panderynken vinder. Jobbet var ligesom, han havde håbet, måske endda bedre. Masser af udfordringer og nye udviklingsmuligheder. Det blev ganske vist til lange arbejdsdage og sene forretningsmiddage, men han trivedes og voksede. Fik mere ansvar, mere anseelse. Flere bejlere. Hun gik derhjemme. I starten var hun meget aktiv, tog på udflugter, shoppede, arrangerede middage og oplevelser. Som tiden gik, blev der længere og længere mellem aktiviteterne. Hun længtes hjem, savnede familien og vennerne, indhold i hverdagen. Han forsøgte at hjælpe hende. Fik sine kollegers koner til at invitere hende på te, men hun blev mere og mere stille. Stemningen i hjemmet blev trist, der var ikke mere at snakke om. Han arrangerede flere forretningsmiddage, tog på lange weekendophold. Hans liv fortsatte, i forhøjet tempo, hendes gik helt i stå. Indtil en aften, da han kom træt hjem og fandt hende ventende med stearinlys og vin. Hun ville have et barn. Han var ikke klar endnu, syntes de manglede at opleve så meget. Hun gav ham ikke ro, og til sidst accepterede han. Tænkte, det måske kunne hjælpe hende. Blot det ikke gik ud over hans job. Han ryster langsomt på hovedet. Blikket er nu rettet mod asfalten foran ham. Han ser ikke længere skibene, hører ikke færgens tuden, da den lægger fra havn. Et halvt år senere havde hun en overraskelse til ham. Hun var gravid og strålede som aldrig før. Det kom uventet, ubelejligt, skønt han selv havde indvilget. Men det viste sig ikke at være den største overraskelse. Hun ville hjem til Danmark og føde barnet, have et hus med have, gå i mødregruppe og være en rigtig familie. Hun fortalte levende om det liv, der ventede dem, mens han blev mere og mere kold indeni. Han var ikke færdig med Hong Kong, var ikke klar til at flytte tilbage. Langt fra. Hun talte for sagen, for dem og deres kærlighed, for det lille barn, de havde skabt. Han trak sig mere og mere væk. To måneder senere stod han i lufthavnen og vinkede. Han er stoppet helt op. Over hans hoved skriger mågerne, i kamp om et stykke brød. Kampen for overlevelse. I starten nød han den ekstra frihed. Ingen dårlig stemning, ingen dårlig samvittighed. Han gik i byen med de kvindelige kolleger og sov længe i weekenden. Han var overbevist om, at hun ville komme tilbage efter fødslen. Det havde ligget lidt i luften, da hun rejste. I løbet af et par måneder, skulle hun nok få stillet sin trang til familie og venner og vende hjem til ham. Nogle måneder senere tikkede en e-mail ind. Han var blevet far til en lille, velskabt dreng. Der var billeder med af en rynket baby. Hun ville blive i Aarhus hos sine forældre lidt endnu. Han gemte billederne i en mappe på computeren. De næste blev lagt samme sted. Og de næste igen. De blev ikke skilt. På papiret. Han skruede tempoet op på arbejdet og bildte sig ind, at han levede godt. Lige indtil den dag. Den kølige efterårsluft kærtegner hans ansigt. Han vender sig mod havnebassinet og stirrer ned i det mørke vand. Det lokkende, mørke vand. Ingen refleksioner af neonskilte og lysreklamer, bare sort mørke. Han befandt sig på kanten af havnebassinet i Hong Kong. Stirrede ned i farveladen. Mærkede, hvordan mørket under neden trak i ham. Freden, roen, friheden. Fri for smerter og savn. Bare fri. Han stod med skosnuderne ude over kanten. Så let, så ligetil. Men en usynlig hånd holdt fast i ham, holdt fast i smerten. Skræmt og rystende slæbte han sig hjem og græd sig i søvn. Nu står han igen og stirrer ned i vandet, vel vidende at han ikke er stærk nok. Eller svag nok. Han har fløjet hele natten for at nå hjem til det vigtige møde. Måske det vigtigste i hans liv. Alligevel er han stadig i tvivl om, hvorfor han er her. Hans tanker bliver afbrudt af barnelatter. En lille dreng står med sin far i hånden og smider brød ud til mågerne. Kampen og skrigene intensiveres, og drengen jubler frydefuldt, når brødet bliver fanget i luften. En underlig, udefinerbar følelse breder sig i hans bryst. Han ser ud over vandet, ud over havnen. Tilbage mod lygtepælen og kontorbygningen. Pludselig ved han det. Hvorfor han er her. Et overrasket og usikkert smil viser sig i ansigtet. Han træffer en hurtig beslutning. Med et ryk løsner han lænken om halsen og kaster den fra sig. Den fine silke duver let frem og tilbage på vandet, inden den langsomt synker til bunds. Så vender han sig og går med raske skridt tilbage mod taxaen. Hans søn fylder to, og de skal ses for første gang. Det er tid til mødet.

ROSER OG VELOUR

Hun skænker en kop te op. De sidder i havestuen i de nye velourmøbler. Hun har valgt de rosafarvede med håndsyede puder, de matcher roserne udenfor. Søsteren tager for sig af de hjemmebagte småkager. Håret er nyklippet, og hun er iført sit nyeste sæt tøj. Hun sidder afslappet i sofaen med benene over kors. "Flotte møbler", siger hun og lader hænderne glide frem og tilbage over den bløde velour. Hun nikker, møblerne er som skabt til havestuen. Søsteren sukker. "Ja, du kan sagtens", siger hun og sidder et øjeblik med et drømmende udtryk i øjnene. Så griber hun fat i tasken på gulvet og finder et fotoalbum frem. Hun har taget de nyeste billeder af børnene med. Hun flytter over ved siden af søsteren for bedre at kunne se. Søsteren fortæller historien bag hvert enkelt billede. Her har sønnen kammerater på besøg, og her spiller datteren fløjte. Hun kigger på billederne. Børnene er blevet store, siden hun sidst har set dem. Hendes mand bryder sig ikke om dem, synes de larmer, så søsteren lader dem som regel blive hjemme. Selv besøger hun kun sjældent søsteren. Hun kører ikke bil, og hun kan ikke lide at tage toget. Søsteren fortæller stolt om skolekomedien, hvor sønnen havde en hovedrolle. Hun mindes tiden på teatret. Travlheden, spændingen, udfordringen. Efter tre hårde år fik hun endelig en af de rigtig gode roller. Han sad i logen på premiereaftenen. Efter forestillingen sendte han hende en stor buket roser. Hun var smigret, tog imod middagsinvitationen. Hun kom fra et almindeligt hjem. De havde aldrig manglet noget, men der var heller ikke plads til de store armbevægelser. Han førte hende ind i en ny verden. En verden fyldt med skønhed og rigdom. Den verden hun ofte havde drømt sig ind i på teatret. Han tog hende med på rejse, til Paris, til London, i operaen, på museum. Han præsenterede hende for direktører, ministre og adelsfolk. Han var flot, veltalende, hun levede som i en drøm. Den helt store drøm gik i opfyldelse, da han efter en middag med levende lys og musik faldt på knæ for hende, bad hende gøre ham til verdens rigeste og lykkeligste mand. Brylluppet var stort, 300 gæster fra ind- og udland. De kørte i hestetrukken karet gennem byens gader, og folk vinkede til dem. Hun smiler ved tanken, det var en god dag. Søsteren har også et billede med af hunden. Den ryster sig under en vandkamp i haven. Hun opgav skuespillet for hans skyld, for at kunne tage med på rejse, kunne modtage gæster i hjemmet. Det føltes ikke som noget stort offer. Vist var hun glad for livet på teatret, og vist var det trist at tage afsked med kollegerne, men han havde brug for hende, og hun ville være hos ham. Søsteren er nået til historien om, hvordan datteren havde indrettet badekarret til akvarium for en hel bunke frøer. Det havde været et stort arbejde at gøre rent. Hendes øjne mørknes. Hun mærker fornemmelsen af ikke at kunne få luft, at kæmpe mod overmagten. Hun rejser sig pludselig med et sæt. "Jeg er nødt til at gå på toilettet", siger hun stift uden at se på søsteren. Søsteren kigger overrasket efter hende, mens hun forsvinder ind i stuen. Hun går videre ud i køkkenet, roder uroligt i skabet bag gryderne. Hun kan ikke få luft. Hun kæmper, gisper efter vejret, ryger under igen. Hun finder det, hun søger, skruer låget af, beroliger nerverne. Kroppen slapper af igen. Hun går ud på badeværelset, børster tænder, ser sig i spejlet. Hun ser gennem facaden, gennem laget af make-up. Hun ser hærget ud. Med afsky vender hun sig fra spejlet. Hun har selv fortjent det. Hun vender tilbage til søsteren, der venter i sofaen. Tak, hun har det bedre nu. Søsteren studerer hende et kort øjeblik. Hun har lyst til at løbe væk, gemme sig, forsvinde. Hun retter ryggen, smiler. "Hvor kom vi til?", spørger hun. Søsteren genoptager fortællingen. Det er som om, den aldrig får ende. Der er hele tiden en ny side, nye billeder, nye historier. Hun piller uroligt ved nederdelen. Hun mærker smerten, overraskelsen, vreden. Han trøster hende. Hun er hans dyrebareste eje. Overraskelsen forsvinder, så vreden. Det er hendes egen skyld, hun må strenge sig an, blive bedre. Det har han krav på. Hun tager en stor slurk te. Det hjælper ikke. Hun kan mærke sveden under armene. Hendes ryg smerter, hun kan ikke få vejret, kan ikke rejse sig. Hun krøller sammen på køkkengulvet, forsøger at dække hovedet. Det er hendes egen skyld, hun skulle ikke have brændt maden på, det var vigtige gæster. Hendes hænder ryster let. Hun folder dem, smiler interesseret til søsteren. Hun hører gartneren starte græsslåmaskinen, er det mon allerede onsdag? Hun rejser sig igen, mere roligt denne gang, undskylder, hun er snart tilbage. Hun ranker ryggen på vej gennem stuen. Hun er på scenen igen. Hun balancerer ud i køkkenet. Bare lige en enkelt tår. Der må to til. Tilbage til søsteren. Får hendes historier da aldrig ende? Hun serverer endnu en kop te, nikker, smiler. Søsteren er gået i stå i billederne. Det er hårdt en gang imellem med to børn, siger hun, og økonomien, der ikke altid vil slå til. Hendes tanker flyver af sted. Hun danser på teatret, i Paris, til brylluppet. Søsteren forsvinder. Hun danser alene gennem verden, rundt og rundt. De rosafarvede velourmøbler blander sig med roserne i haven og bliver til et. Han har givet hende alt, før var hun intet. Resten er hendes egen skyld, hun må bare tage sig sammen. Ja, hvis bare hun tager sig sammen, bliver alt godt igen. Hun smiler fjernt. En stemme trænger igennem til hende. "Sig mig, hører du overhovedet efter?". Søsteren sidder fornærmet midt i veloursofaen og alle roserne. "Hvad kan du også vide om det?", siger hun irriteret, "Du har jo altid haft det så let!".

EN SENSOMMERDAG

De går igennem skoven, en gammel mand og hans kone. Morgendisen har endnu ikke sluppet sit tag og svæver fortsat rundt som små spredte skyer mellem trætoppene. Luften er kølig og frisk. I skovbunden myldrer røde fluesvampe frem mellem de fugtige bregner. Det er en dejlig sensommerdag, som den første gang de fulgtes gennem skoven. De kender hinanden helt fra barnsben. De voksede op på den samme vej i landsbyen og delte de lange sommeraftener i haven og de mørke vinteraftener foran ildstedet. De fulgtes til skole og lavede lektierne sammen om eftermiddagen. Hun havde langt, lyst hår, der skinnede gyldent i solen og fik hende til at ligne en engel. Han havde brunt hår og en lidt skæv næse. Da de blev ældre, begyndte landsbyens andre drenge at vise interesse for hende, men hun fulgtes altid med ham hjem. Langsomt mærkede han en underlig varm følelse vokse frem i sit bryst, hver gang hun kom nær. Hun var stadig den samme, men alligevel var noget forandret. Han smiler ved mindet. En dag som denne tog han mod til sig og bød hende med på fisketur. Hun var ikke som de andre piger, forfinet og utilnærmelig. Hun holdt af naturen og var ikke bange for at blive beskidt. Hun tog imod hans invitation med det samme. De havde ofte fisket sammen, men denne gang var det anderledes. Han strækker den gamle ryg lidt og hanker op i madkurven. I træerne over deres hoveder hopper en lille musvitfamilie rundt på jagt efter insekter. Tæt derpå slår en bogfinke sin trille. De passerer et gammelt mosgroet egetræ. Det var netop her, det skete. Det var her, de lagde barndommen bag sig. Det var her, han for første gang tog hendes hånd i sin. De blev kærester. De når ned til søen. Solen er trængt igennem disen og det klare vand og flimrer hen over søbunden. Ved bredden ligger den gamle robåd af træ og vugger blidt. Den er træt af dage, men holder stadig tæt. Han stiller madkurven ved siden af hende og stopper bukserne godt ned i gummistøvlerne. Så vader han ud i det stille vand og øser langsomt regnvandet ud af båden. Bag ham forsvinder to små skaller ind i vegetationen. Da båden er tømt, hjælper han hende forsigtigt ombord. Hun sidder i solskinnet på den brede træbænk i agterstavnen med madkurven foran sig. Langs bådens side ligger fiskestængerne, nøjagtig som de plejer. Han smiler til hende.

50

Så løsner han båden og klatrer selv op i den. Ombord på denne båd, med fare for kæntring, stjal han det første kys. Hun virkede først overrasket, men slappede så helt af. De var skabt for hinanden, det var ingen af dem i tvivl om. Han kommer årerne i vandet og støder fra mod bunden. En lille sandsky rejser sig og slører et kort øjeblik vandet. Båden glider roligt fra land. De forsøgte at holde det hemmeligt i starten, men det var ikke let i en lille landsby. De var ikke de eneste, der kunne mærke forvandlingen. Forældrene trak dem hver især formanende til side, og lige pludselig var det ikke længere tilladt at tage alene på skovtur. Det var en forvirrende og frustrerende tid, men først og fremmest en lykkelig periode med uendeligt højt til himlen. De snød sig til små øjeblikke alene under æbletræerne i bunden af hendes have. Det skete endda flere gange, at han forcerede den høje hæk for at komme ind til hende. Mindet får ham igen til at smile. Situationen var ikke holdbar, de kunne ikke, og de ønskede ikke at leve uden hinanden. Med forældrenes billigelse forlovede de sig, og på hendes attenårs fødselsdag gav hun ham sit ja i kirken. Han ror langsomt gennem vandet, indtil de når ud i nærheden af den lille ø. Det er et godt sted at fiske. Han pakker fiskestængerne ud og rigger dem til. Han binder en enkelt krog i enden af hver line. Så finder han dåsen med ormene frem. Han har gravet dem op af kompostbunken samme morgen. Nu ligger de og vrider sig imellem hinanden i en stor klump i bunden af dåsen, uvidende om deres mulige skæbne. Han stiller dåsen med orm i bunden af båden og kaster krogene i vandet. En på hver side af hende. Da de var blevet gift, flyttede de ind i et lille hus i landsbyen, og endelig fik de lov til at være sammen, som de ønskede det. Han blev ansat i faderens forretning, hun blev lærer på deres gamle skole. De ønskede sig en stor børneflok, men børnene lod vente på sig. Som årerne gik, indså de efterhånden, at det ikke var dem forundt at blive forældre. Det var en vanskelig erkendelse, men de affandt sig med skæbnen, og livet gik videre. De brugte tiden på hinanden. De rejste Europa rundt flere gange. De vandrede i bjergene i Frankrig og fiskede i elvene i Norge. De sejlede sågar i det græske øhav. Men altid vendte de tilbage til deres eget lille paradis, søen i skoven. Nu sad de der igen, trods gigt og trætte muskler. Han tager fat i madkurven og pakker indholdet ud. I dagens anledning har han smurt de samme madder som den gang for længe siden. Fedtemadder og en enkelt med slagterens spegepølse. Til dessert er der blommer fra haven, af samme slags som dem hans forældre havde. Hun var meget begejstret for madkurven, trods det fattige indhold, og aldrig havde en fedtemad smagt bedre. Efterfølgende havde hun dog overtaget ansvaret for madkurven til fisketurene, og de var blevet forberedt med kyndig hånd og allerstørste bevågenhed. Han sætter tænderne i en af fedtemadderne og lukker et kort øjeblik øjnene. Han genkalder smagen fra den gang. Han hører hendes milde latter og slår øjnene op. Hendes lyse hår skinner igen som guld i solskinnet. Hendes blå øjne slår smut med hans. Han mærker kærlighedens varme dybt inde i sit bryst, og det gamle hjerte slår en smule hurtigere. Han pakker maden væk igen. Folder omhyggeligt viskestykket sammen og lægger det ned over indholdet i madkurven, som hun plejer at gøre det. De smiler til hinanden. Han tager fat i fiskestængerne en efter en og trækker linen og de tomme kroge ind. Han klipper krogene af og kommer dem ind i den lille æske i fiskevesten. Så skiller han stængerne ad og lægger dem igen langs siden i bunden af båden. Hun følger alle hans bevægelser med sit evigt dejlige smil.

Han kigger hende i øjnene og ser lykken og freden. De smiler igen til hinanden. Han rækker frem mod hende og stryger hende nænsomt. Så trækker han hende ind til sig og knuger hende fast. Han lukker atter øjnene. Solen varmer hans gamle hoved og krop, og vandet klukker stille under båden, men han mærker ikke andet end hendes nærhed. Sammen gennemlever de igen alle deres lykkeligste øjeblikke. Han vugger hende blidt frem og tilbage i sine arme. Hvis hans hjerte besluttede sig for at stoppe med at slå i dette øjeblik, ville han dø lykkelig. Han sidder længe og venter, fortabt i fortidens tanker og drømme. Langsomt begynder lydene igen at trænge ind til ham. Han hører vandets rolige skvulpen mod bådens sider og en skovskade i det fjerne. Han åbner øjnene. Han er der endnu. Madkurven står stadig i bunden af båden, og fiskestængerne ligger langs siden. Han stryger hende blidt en sidste gang. Så løfter han langsomt og roligt låget af urnen. Han lægger det forsigtigt i bunden af båden ved siden af madkurven og fiskestængerne. Han havde altid troet, at han ville blive den første, der drog bort. Havde aldrig forestillet sig, at han skulle sidde alene tilbage. Hun var så fuld af liv og energi. Men så pludselig en dag, midt under morgenmaden, begyndte hun at hoste. En uge senere sad han bøjet over hendes seng, med hendes kolde hånd i sin. Lungebetændelsen var løbet ud af kontrol. Han løfter urnen op over bådens kant og hælder den lige så forsigtigt ned mod vandet. Asken begynder langsomt at løbe ud. En svag brise tager fat i den og danner en støvsky hen over vandet. Solen får den grå aske til at skinne som sølv, mens den danser afsted mod nye eventyr. En mørk skygge danner sig i vandet under støvskyen og breder sig ud fra bådens ene side. Støvskyen opløses lige så langsomt og bliver til små sølvskinnende prikker i luften. Den mørke skygge i vandet bliver svagere, og til sidst er den helt væk. Vandet er igen klart, og han kan se en aborre svømme forbi båden. Han løfter blikket mod det sidste sølvskær i luften. 'Farvel, min elskede', hvisker han, 'vi ses igen'. Han fortsætter med at kigge ud over vandet. Til døden jer skiller, lovede de hinanden. Men hans følelser går videre end det. Og han ved, at de vil mødes igen. Det er deres skæbne. Han samler årerne op og knuger dem i sine krogede hænder. Så lægger han for sidste gang kræfterne i og ror ind mod bredden. Hans tid er endnu ikke inde.

TV-SOMMERFUGLE

Han stiger ud af badet. Luften er tyk af damp. Han tørrer spejlet af og smiler selvsikkert til sig selv. Badeværelset er lille. De brune fliser er flere steder krakeleret, og toilettet løber. Ikke lige som deres nye hus med marmorgulv og forsænket vask. "Husk, at tørre op efter dig, der kommer skjolder på fliserne", den var sikker, hver gang han gik derud. Han tænder for barbermaskinen. De små sorte hårstumper lander på kanten af vasken. Han husker, da huset endelig stod færdigt, og de flyttede ind. De indrettede værelser og hilste på naboerne. Hun havde travlt med det hele, han tog det mere roligt. Hvis han skulle være helt ærlig, havde det vel egentlig mest været hendes projekt. Han renser barbermaskinen og tager rigeligt med aftershave på. Aftenerne tilbragte de foran fjernsynet. Hun snakkede en del, han fulgte med i de mere vigtige sager. Langsomt begyndte det at gå op for ham, at der ligesom manglede noget. Hun mærkede det ikke, men for ham var det tydeligt. Han studerede hendes spinkle ansigt om morgenen, inden hun vågnede. Han prøvede at genkalde fornemmelsen fra den gang de mødtes, men magien var forsvundet. han affandt sig med det, for sådan måtte det vel være efter ti år. Han reder håret. Først tilbage, så til siden og så tilbage igen. Han kommer gele i. Men så en dag var *hun* der pludselig. De stod i en forretning, da *hendes* bløde, lokkende stemme fangede hans opmærksomhed. Da han fik øje på *hende* for første gang, forandrede verden sig. *Hun* smilede til ham. De fyldige læber afslørede en perlerække af hvide tænder. *Hendes* mørkebrune øjne udtrykte længsel og begær. Han ville række frem mod *hende,* men et velkendt ansigt kom imellem dem. Hun havde fundet det helt rigtige TV. Da han igen kiggede frem, var *hun* væk. Som et drømmesyn en tåget morgen. Han smiler til sit eget spejlbillede ved tanken om det første møde. Han lader skægresterne ligge på kanten af håndvasken og går ind i soveværelset. Den nystrøgne skjorte hænger klar på skabet. Det var skæbnen, anderledes kunne det ikke udtrykkes. Han var nødt til at opsøge *hende* igen. Han vendte tilbage til butikken, ventede, gik, kom tilbage igen. Forvirret over sin egen handling. Han kiggede sig over skulderen som en tyv om natten. Han følte sig skyldig, men kunne ikke finde ro uden at gense *hende.* Og pludselig, netop som modet var ved at synke i brystet på ham, hørte han stemmen igen. Der var *hun*, skønnere end før. Han stod som tryllebundet. *Hun* smilede til ham. Han smilede igen. Han begyndte at se *hende* hver tirsdag aften. Under det ene dårlige påskud efter det andet luskede han sig af sted hjemmefra. *Hun* berusede ham, han blev afhængig. Dagene til det blev tirsdag igen føltes dræbende lange. Kun tanken om gensynet, tanken om *hendes* blændende smil og lokkende stemme, holdt ham gående. Han levede som i en anden virkelighed. Han knapper skjorten og binder slipset. Hans pande trækker i en alvorlig fold, da han tænker på opgøret. Han levede kun for tirsdagene, for deres korte tid sammen. Alt andet mistede betydningen. Han kunne være fortsat, men en tirsdag stod hun pludselig i vejen i døren, hans kæreste, hende han boede sammen med. Hun stillede spørgsmål. Han kiggede nervøst på uret. Klokken nærmede sig. Han ville gå, men hun ville have svar. Hun pressede ham, måtte vide besked. Uret tikkede, han kunne ikke vente. Han brød sammen, tilstod han havde set en anden. Skammen, skyldfølelsen over at efterlade hende grædende på gulvet i entréen. Men han måtte afsted. Han sukker, mens minderne passerer for hans øjne. Det var en hård tid. Hun græd, råbte, skældte ud, og græd igen. Naboerne sendte sigende blikke, men holdt sig på afstand. Familien og vennerne blev væk. Hun ville tilgive ham, starte forfra, begynde på en ny. Han kunne ikke. Kort efter boede han i den lille lejlighed, hun blev alene tilbage i huset. Han ryster let på hovedet og tager bukserne på. Han har ikke set vennerne siden. Det var hende, der havde mest brug for trøst. Han børster skoene af og sætter sig på sengen. Han skyder tankerne væk. Det er ikke dagen til triste tanker. Det var uundgåeligt, en nødvendighed. Nu er det slut med hemmeligheder og skyld. Nu kan han invitere *hende* indenfor i sin egen stue. Skåle med *hende*, svømme væk i *hendes* øjne. Han retter på slipset en sidste gang og begiver sig af sted. Døren smækker bag ham. Han er fast besluttet, i dag skal det være. Han går roligt hen ad gaden. Myldretiden er ved at være overstået, trafikken slapper af. De sidste mennesker haster forbi ham på vej hjem fra arbejde. Blomsterhandleren er ved at tage blomsterne ind for natten. Han hilser på ham. Jo, de er klar. Den gamle mand forsvinder ind i baglokalet og dukker frem igen med en stor buket roser. Han betaler, siger farvel og begiver sig af sted igen.

Han nærmer sig *hendes* arbejdsplads. Hjertet banker lidt hurtigere end sædvanligt. Han forsøger at gå langsomt for ikke at svede. Han har tid nok. Han går over gaden i fodgængerovergangen sammen med to unge piger. De sender længselsfulde blikke efter buketten. Han smiler til dem. Verden er lys og dejlig. Han ankommer i god tid. Han sætter sig på en bænk udenfor og venter. Han iagttager folk, der går ud og ind af bygningen. Mest ukendte folk, men indimellem dukker der et velkendt ansigt op. Minutterne snegler sig af sted. Han sparker til en sten og piller ved indpakningen. Det er tirsdag, deres dag. Netop nu plejer han at se *hende*. *Hun* lader vente på sig. Han kigger på uret. Hans hjerte slår hurtigere, efterhånden som tiden nærmer sig. Hans håndflader føles klamme. Han tørrer dem forsigtigt af i bukserne. Han tripper med foden. Nu må *hun* snart komme. Han rejser sig, børster bukserne af.

Og lige så pludseligt, som da han så *hende* første gang, dukker *hun* op i svingdøren. Han kan høre *hendes* klare latter på lang afstand. *Hun* følges med en anden kvinde. Han tager mod til sig, går over imod dem. Hans hjerte banker hurtigt. Han sveder. Det er øjeblikket, han har ventet på. De to kvinder får øje på ham, da han er få meter fra dem. Han kigger *hende* i øjnene. *Hun* smiler, så han frygter at miste stemmen. "Ja?", siger *hun* spørgende. Han har øvet sig i dagevis, men pludselig er hovedet tomt. Han rækker roserne frem mod *hende*. "De er til dig", siger han med let rystende stemme. *Hun* smiler overrasket. "Hvorfor det?", spørger *hun* forundret. Veninden griner. "Er der noget, du ikke har fortalt mig?", spørger hun. Først nu genkender han hende. Hun er studievært på det tidligere program. *Hun* ryster forvirret på hovedet. "Jeg kender ham ikke", svarer *hun*, "Jeg har aldrig set ham før". Hans selvsikkerhed og selvtillid er forsvundet. "Jamen, jeg elsker dig jo", hans stemme er ynkelig. *Hun* stirrer undrende på ham med en smule frygt i de mørke øjne. "Jeg ved ikke, hvem du er", siger *hun*, "hold dig væk fra mig". *Hun* tager veninden under armen, og de flakser væk.

S-TOG OG FLØDESKUMS-KAGER

Hun står foran spejlet, lille og spinkel, iført en brunblomstret nederdel og en grøn bluse. Det lange, mørke hår er sat op i nakken for at skjule, at det trænger til at blive vasket. Hun ser træt ud. De søvnløse nætter har efterhånden sat sig som sorte rander under øjnene. Hun har ikke makeup på, det hjælper alligevel ikke. Hun udstøder et dybt suk og vender sig bort fra spejlet. Hun kaster et sidste blik mod det lille tekøkken, hvor opvasken tårner sig op, og køkkenkniven ligger midt på bordet. Så tager hun jakken på, samler indkøbsposen op og bevæger sig over mod døren. Da hun blev optaget på universitetet, forestillede hun sig ikke, at det ville være så svært at finde et sted at bo. Hun søgte ind på kollegierne, men var for sent ude. Hun var heldig at få den lille lejlighed gennem en af faderens bekendte. Et værelse med tekøkken og eget bad, beliggende i kælderen under et stort, gammelt hus. Der slipper ikke meget lys ind igennem de små vinduer, og luften er fugtig og indelukket, men huset ligger til gengæld lige ved søerne. Den første tid, hun boede der, gik hun langs vandet næsten hver dag. Den kølige efterårsluft rammer ubemærket hendes ansigt. Hun låser døren bag sig og går de få skridt op ad kældertrappen, op i den lille tilgroede have. Forældrene hjalp hende med at flytte. De lejede en stor trailer og tømte hendes værelse. De kørte hende hele vejen til Sjælland og bar tingene ind i lejligheden. Moderen virkede en smule trykket af situationen, men da traileren var tømt, klarede hun op i et smil. Det var, som om en stor byrde lettede fra hendes skuldre. Forældrene kørte igen samme aften. Hun så dem forsvinde med traileren ned ad gaden, og pludselig var hun flyttet hjemmefra. Hun løfter kortvarigt blikket op mod huset. Det er mørkt og tomt. Hun har endnu ikke mødt den ældre dame, der ejer det. Det var sønnen, der tog imod hende og huslejen. En travl forretningsmand, iført jakkesæt og slips. Han forklarede, at hun måske kunne blive nødt til at flytte igen. Hvis hans moder ikke kom tilbage fra hospitalet, skulle huset sælges. Hun går ud gennem havelågen, ud på fortovet. Bilerne holder tæt langs kantstenen. De høje huse skygger for solen og gemmer den efterårsklare himmel bort. Hun søgte helt bevidst til

København. Hun trængte til at komme væk. Det havde hun gjort i mange år. Hun var naturligvis kommet ind på sit førstevalg, det havde der aldrig været tvivl om med hendes karakterer. Hun går langsomt hen ad gaden. Skuldrene hænger forover, blikket er fikseret på fliserne. Panden er foldet i en alvorlig rynke. Det var vel egentlig altid det, der havde været hendes største problem i skolen. De gode karakterer. Hun arbejdede ikke specielt hårdt for at få dem. Hun syntes blot, det var sjovt at gå i skole og lære. Det havde klassekammeraterne svært ved at forstå. Der gik ikke længe, før de fandt på øgenavne til hende og snakkede bag hendes ryg. Når fødselsdagsinvitationerne blev delt ud, var hun den eneste, der ikke fik en, og den ene gang hun havde inviteret, sad hun alene hele eftermiddagen. Panderynken bliver dybere ved mindet. Hun ryster let på hovedet. Forældrene havde begge travlt. De havde to gode karrierer og et stort hus at passe. Om aftenen, når de kom trætte hjem, trøstede de hende og sagde, at hun måtte prøve at være lidt mere udadvendt. Efter noget tid stoppede problemerne, ved at hun holdt op med at fortælle om dem. Hun drejer omkring hjørnet og sætter med sløve skridt kursen mod Vesterbro Station.

Trafikken er tættere her. Støjen lægger sig som en dyne om ørerne, og udstødningsgassen fylder lungerne og får hende til at hoste en enkelt gang. Hun træder et skridt til siden for at give plads til en mand, der bærer på en stor æske fra bageren. Han haster forbi uden at kigge på hende. Duften af bagværk finder vej til hendes næse og får et kort øjeblik de dystre tanker til at vige. Hun ser sin bedstemor for sig. En stor, rund dame med hvidt hår og næsten altid iført et blomstret forklæde. Det var der, hun søgte hen om eftermiddagen, når huset derhjemme stod tomt. Bedstemoderen lyttede til hende uden at blande sig. De spillede kort og drak saftevand og fortalte historier. De startede deres egen tradition. Hver fredag gik hun forbi bageren på vej hjem fra skole og købte to flødeskumskager. De spiste dem ved bedstemoderens lille sofabord, der i dagens anledning fik dug på. Hun træder igen til side, denne gang for at give plads til en mor med en barnevogn og en lille dreng. Drengen stirrer på hende med åben mund og snotnæse, mens moderen hurtigt triller ham forbi. Hun kigger atter ned på fortovsfliserne og fortsætter frem. Tanken om at efterlade bedstemoderen alene gjorde det svært for hende at søge til København, selvom bedstemoderen tilskyndede hende og fortalte om alle de muligheder, der ventede hende. Nogle få dage, før ansøgningen skulle sendes, sov bedstemoderen uden varsel stille ind. En frostklar eftermiddag fandt hun hende i sengen, rolig og fredfyldt. Med våde øjne udfyldte hun de sidste felter i ansøgningsskemaet. En trykkende fornemmelse breder sig i brystet på hende. Bedstemoderen nåede heldigvis ikke at opleve, hvordan studietiden formede sig for hende. Glad og optimistisk startede hun på en frisk, på sit nye liv. Forsøgte at være social, deltagende og skabe nye venskaber. Langsomt indså hun, at de andre studerende ikke havde samme interesse. Hendes fravær steg i takt med, at optimismen dalede. Nu ligger bøgerne i et hjørne bag sengen og samler støv. Hun er nået til broen og fornemmer S-togenes rumlen under fødderne. Hun går hen til rækværket og kigger ned. Det ene tog afløser det andet. Folk myldrer ud og ind i en uendelig, ligegyldig strøm. Travle mennesker i modetøj med mobiltelefonen klistret til øret. Udmattede forældre med skrigende børn. Studerende med næsen dybt begravet i en bog eller en kalorietom cola. Myldretid. Ude som inde. Hun betragter verden gennem sin lille glasklokke, sit eget univers med evig myldretid. Myldretanker. S-togene virker så fjerne og dog så fulde af muligheder. Den ene mulighed afløser den anden, med endnu et løfte om fred og mylderstop. Hun har uden at have bemærket det flyttet fødderne op på rækværket og strækker sig forhåbningsfuldt mod de myldrende muligheder. En hurtig beslutning, det ville være så let. Lettere end den omsværmede kniv på køkkenbordet. Fred og ro. Fri for tanker og smerter. Bare fri. Og hvem skulle savne hende? Hendes tanker virker klare for første gang i lang tid, og uden frygt eller sorg gør hun klar til at gribe den næste mulighed. Togdørene smækker i, og S-toget sætter i gang. Så er det næsten nu. Hele hendes opmærksom er rettet mod toget, der langsomt nærmer sig. Hun ser ikke længere alle de mange mennesker, hun hører ikke længere byens larm, hun mærker ikke mere vinden mod ansigtet. Der er kun hende og mulighedernes tog. Netop som hun spænder musklerne i kroppen, klar til sit sidste spring, finder en fjern, uvant lyd vej til hendes ører. Den borer sig gennem glas og muligheder og kræver hendes opmærksomhed. Forvirret løfter hun hovedet, mens toget suser forbi og forsvinder under hende. Som i en sær erindring fra en svunden tid fører hun hånden ned til

lommen og fisker livlinen frem, "Det er Charlotte".
"Goddag, det er Ingeborg Jensen", lyder en ukendt
stemme, "Det er mig, der bor i huset ovenover dig.
Jeg er lige kommet hjem fra hospitalet og tænkte
på, om du ikke havde lyst til at kigge forbi, så vi
kan lære hinanden lidt at kende? Min søn var nødt
til at gå, men han har købt flødeskumskager til os.".
Hun hører sin stemme takke ja og lægger mobilen
tilbage i lommen. Toget er kørt. Flødeskumska-
gerne venter.

EN GOD STOREBROR

Han sidder ved kanten af poolen og venter, sommerklædt og med nyvasket hår. Solens stråler danser gennem vandet og hen over bunden. I den lave ende leger to børn, en dreng og hans lillesøster. I skyggen under parasollen sidder forældrene, afslappede men opmærksomme. Han ser sine forældre for sig som dengang. Rolige og tilfredse slapper de af i skyggen. Han smiler og vinker til dem. De vinker igen. Han tager en tår af den kølige drik og lader øjnene vandre. På den anden side af poolen ligger et ungt par, opslugt af hinanden. En ældre dame vandrer forvildet frem og tilbage langs poolen, inden hun beslutter sig for en plads i skyggen. Hans forældre var helt unge og uerfarne. Han indgik ikke i deres planer, men alligevel var han deres første ønskebarn. En lille lyshåret dreng, der tog forældrene og verden med storm. Han stiller glasset tilbage på bordet ved siden af solstolen. En ung pige kommer gående, iført bikini og solbriller. Over skulderen hænger et farvet håndklæde. Hun slår sig ned et par stole derfra. Han kigger efter hende og smiler. Moderen gik hjemme med ham i de første år, og han fulgte hende overalt. Hun var smuk og blid. Han sad ofte stille og beundrede hende, når hun arbejdede i køkkenet eller sad med strikketøjet om aftenen. Hans lykke var fuldendt, når hun tog ham op på skødet og læste en historie for ham. Han svævede væk i historiens fortryllende verden, omgivet af moderens varme arme og hendes søde duft. Han drejer blikket mod restaurantens dør. Maden lader vente på sig. Børnene i poolen sprøjter vand på hinanden og klukler. Han genkender det. Den naive barndomsglæde. Han så undrende til, mens moderens mave voksede sig større og større, og pladsen på hendes skød blev mere trang. Og så en dag var hun der pludselig. En yndig, lille pige med lyse krøller og buttede kinder. Han var fire år, da hun kom ind i hans liv. Da han blev storebror. Solen bager, og en sveddråbe finder vej frem på hans pande og videre ned over kinden. Pigen ligger på siden med ansigtet vendt mod ham. Hun har åbnet en bog, men øjnene bag solbrillerne bevæger sig ikke ned over siderne. Han smiler til hende, hun smiler igen. Lillesøsteren voksede og krævede mere plads. Hun gik hjemme ved moderen, mens han blev sendt i børnehave. Om aftenen legede han med hende, mens forældrene så til fra sofaen. Han klædte dukker på og af og hjalp hende med at putte bamserne. Han sad opmærksomt ved siden af moderen i sofaen, når hun læste godnathistorie for dem, men historiernes fortryllelse var væk. Døren til restauranten går endelig op. Tjeneren kommer til syne og sætter med faste, lange skridt kursen over mod ham. Bordet bliver ryddet og maden serveret. Nygrillet fisk med pommes frites. Den samme menu som den gang, som hver gang. Forældrene tog dem med på ferie, et sted med swimmingpool. Frokosten indtog de ved poolkanten, eftermiddagen blev tilbragt i vandet. Han lærte sin lillesøster at svømme, mens forældrene hvilede i skyggen. Tålmodigt og afventende hjalp han hende frem gennem vandet, igen og igen. Han stikker en enkelt pommes frites op og tygger langsomt. Drengen trækker lillesøsteren rundt i armene. Han kan se tilliden i hendes øjne. Den samme tillid, der mødte ham. Han smiler ved tanken. Pigen har lukket bogen sammen og kigger nu ud over vandet. Sveddråber er begyndt at forme sig på hendes krop. Hans forældre var så stolte. Han var en god dreng og en god storebror. Altid til stede og nærværende. Aldrig krævende eller urimelig. Trygge lukkede de øjnene. Han tager tallerkenen over på skødet. Med et øvet greb lader han kniven køre ned langs rygraden. Kødet er mørt og giver efter. Et hurtigt tag var alt, der skulle til. Overraskelse i de tillidsfulde øjne, uroligt vand, en mørk skygge på bunden. Ingen bemærkede det, forældrene mindst af alle. Så let, så lige til. Fisken forsvinder bid for bid sammen med pommes fritterne. Forældrene var lammede. Han virkede utrøstelig, og de holdt om ham. Knugede ham ind til sig i dagevis. Strøg ham over håret og lod ham sove i deres seng. Skolen kom han ikke længere i. Pigen har igen vendt sig om på siden. Hans øjne hviler ved hendes svedige hals, inden de vandrer ned over hendes spinkle krop. Hun smiler, som en intetanende mager grillkylling. Han er ikke i tvivl, hun må bestemt være lillesøster. Han smiler tilbage. Hun rejser sig og kommer nærmere. Han gør plads på bordet til hendes bog, tallerkenen med fiskeben og pommes frites rester bliver sat ned på jorden. På vej tilbage strejfer hans hånd sportstasken. Den er pakket og klar. Børnene er blevet trætte af poolen og slutter sig til forældrene i skyggen. Lillesøsteren finder straks vej til moderens skød, mens drengen må sidde for sig selv. Han smiler. Han fandt igen plads på moderens skød. Små søstre er nemme. Store piger giver større udfordringer. Pigen snakker løs, han lytter og forsøger at virke interesseret. Han er rutineret og overbevisende. Han ser den lille strand for sig. Hans strand. En lille sandplet omgivet af skyggefulde træer. Fredelig og helt øde. Blot de to. Hånden stryger hen over sportstasken. Hans hjerte banker lidt hurtigere. Han er spændt og opstemt. Pigen griner af sin egen vittighed, og han ler øvet med. Hendes nøgne hud rammer sandet. Hans hænder glider henover den. Han lægger en finger på hendes mund og tysser på hende. Stryger hende over panden og trøster hende. Blidt og stille. Han er en god dreng og en god storebror. Hans hånd stryger igen hen over sportstasken ved siden af solstolen. Han kan mærke rebets bløde former og det hårde stål gennem taskens side. Han har udviklet sig siden dengang. Hans stemme bryder ind i talestrømmen. Vil hun mon ikke med videre? Han kender et hyggeligt lille sted ved stranden. Hun nikker tillidsfuldt, og de rejser sig sammen. Jo vist, hun er lillesøster, men det vidste han allerede.

FRU KOWALSKI

Udenfor skinner solen. En dame iført sommerhat går forbi med sin lille krøllede hund. Varmedisen stiger fra vejen. Fru Kowalski træder mekanisk i pedalen og fører stoffet frem, som hun har gjort det så mange gange før. Den summende lyd fra maskinerne fylder hele rummet og overdøver lydene fra gaden. Det er som om, verden udenfor ikke eksisterer. Som var det en stumfilm, der blev afspillet for øjnene af dem. Ikke mange af dem bemærker det. De fleste er helt optaget af stoffet, der glider gennem hænderne på dem, videre gennem maskinen og derefter ud på bordet. De tænker vel hver især deres egne tanker, men udadtil er det ikke til at se. Fru Kowalski følger med i filmen. Hun kender den efterhånden udenad. Alligevel håber hun altid på forandring. Lyden af en dør, der går op, sætter ekstra gang i maskinerne. Der trampes hårdere i pedalerne, og stoffet passerer hurtigere gennem maskinerne. Den nye tilsynsførende kommer ind i rummet. Han er ung, veluddannet og iført hvid kittel. Hans hår er redt tilbage, og skoene nypudsede. Med hænderne foldet på ryggen begynder han sin runde. Han går langsomt forbi maskinerne, den ene efter den anden. Han nikker tilfreds og stopper nogle gange undervejs for bedre at kunne iagttage arbejdet. Man kan følge hans vej gennem lokalet blot ved at lytte til maskinernes snurren. Han nærmer sig fru Kowalski. Hendes gamle hænder famler med stoffet, og de gigtplagede ben kæmper for at få maskinen til at køre endnu hurtigere. Den tilsynsførende stopper ud for hende. Han står med hænderne på ryggen og kigger. Han tæller bunkerne på bordet. Fru Kowalski kan mærke sveden løbe ned ad halsen og videre ind under den blomstrede kjortel. Hun er klar over det, allerede inden han taler. "De er bagud", lyder det, "igen!". Hun undlader at svare. Der er alligevel ikke noget at sige til det. "Det kan ikke fortsætte sådan", siger den tilsynsførende, "vi må trække det i Deres løn". Fru Kowalski kigger op. Hun åbner munden for at sige noget. Et eller andet. Den tilsynsførende har fundet sin notesbog frem og skriver hurtigt. Han kigger på hende over kanten af bogen og løfter det ene øjenbryn. Fru Kowalski lukker munden igen. Hun har glemt, hvad det var, hun ville sige. Hun bøjer sig over maskinen og træder hårdere i pedalen. Hun mærker knap gigten. Det kommer først om aftenen, når hun kommer hjem. Nogle gange har hun svært ved at rejse sig fra stolen og gå hen til sengen. Det værker i fødderne, benene, hænderne, ja efterhånden i hele kroppen. Men så længe det er sommer, går det endda. Det er, når vinterkulden trækker under døren, og ilden i komfuret knap kan opvarme køkkenkrogen, at det er værst. Da må hun nogle gange sidde på køkkenstolen foran komfuret hele natten, når benene nægter at flytte sig. Jo, det er den gode årstid nu. Den tilsynsførende er færdig med sin runde. Han er forsvundet gennem døren ind på kontoret for at føre notater i sine små bøger. Han er uddannet fra en god skole, og direktøren er glad for ham. Man kan mærke på maskinerne i rummet, at de nu igen er alene. Det er som om, et dybt suk går gennem lokalet, og pedalfødderne slapper af et kort øjeblik. Så vender den sædvanlige snurren tilbage igen og lukker hele verden ude. Fru Kowalski kigger ud ad vinduet, ud på gaden. En dreng løber forbi med skoletasken i den ene hånd og en pind i den anden. Hans skjorte er nystrøget og pænt stoppet ned i bukserne. Hun husker det endnu. De små skjorter og bukser, der skulle stryges hver eneste morgen. Hun hængte det nystrøgne tøj på døren til soveværelset, inden hun forlod ham i mørket for at gå på arbejde. Han måtte selv klare at stå op og komme af sted, men det havde aldrig voldt problemer. Han var pligtopfyldende og fik ros i skolen. Fru Kowalski forsøger at rette ryggen lidt ud og kaster et hurtigt blik rundt i lokalet. Alle er opslugte af deres arbejde. Hun kender dem egentlig ikke. Har aldrig talt med nogen af dem. De er alle meget yngre end hende. Hun er den eneste, der er tilbage af det oprindelige hold. De andre er holdt for længe siden. Nogle er rejst væk for at være hos deres børn, andre lever ikke mere. Kun hun sidder tilbage ved maskinerne. Der var en gang, hvor hun tænkte meget over det. Talte dem, der var rejst, og dem der stadig var tilbage. Hun husker især den tredje, der rejste. Hendes søn havde sendt bud efter hende helt ovre fra Amerika. Han havde sendt billetter, penge, alt hvad hun behøvede, så hun ikke skulle bekymre sig om noget. Han var blevet en stor forretningsmand, og hun var rejst. Under stor opsigt havde den gamle direktør takket hende og ønsket hende god rejse. Hun var steget på båden, og ingen havde siden hørt fra hende. Fru Kowalski havde stået med drengen i hånden og vinket til båden. Nu tænker hun ikke over det mere. Det er der ingen mening i. Trafikken udenfor er blevet tættere, men inde høres stadig kun maskinernes snurren. Fru Kowalski er gået helt i stå. De gamle hænder holder om stoffet, men fører det ikke længere frem. Hun kigger på manden på gaden. Iført ternet skjorte og med jakken over armen. Han nærmer sig vinduet fra den anden side af vejen. Hun synes så bestemt... Han når vinduet. Et kort øjeblik krydses deres blikke, så drejer han af og haster videre. Han lignede lidt, vil hun tro, men hvordan skulle hun kunne vide det efter så mange år? "Fru Kowalski!", en ubehagelig stemme får den gamle krop til at fare sammen. Automatisk begynder foden at træde på pedalen, men hænderne følger ikke med, og stoffet kører skævt i maskinen. "De spilder vores tid! Der er mange andre, der med glæde ville have Deres job, og som ville udføre det mere samvittighedsfuldt!", som en tordensky på en klar sommerdag er den tilsynsførende pludselig dukket frem fra sit kontor. Med armene foldet over kors står han og stirrer direkte på Fru Kowalski. "Undskyld", mumler hendes spæde stemme, helt uvant med at blive brugt. Hun fumler med stoffet, men fast sidder det. "Kom ind på mit kontor efter arbejdstid", den tilsynsførende bevarer en kølig ro og går beslutsomt videre. Fru Kowalski får langsomt pillet stoffet ud af maskinen. En lille tåre triller ned ad kinden. Ingen bemærker det, heller ikke hende selv. Hun ser manden for sig igen. Han må ligne lidt. Samme hårfarve, samme højde. Og samme dyre tøj. Han må klare sig godt. Det sidste kort, hun havde fået, var med guldkant og dobbeltforet konvolut. "Glædelig jul" havde der stået, og så hans navn. Klokken ringer, pludselig og uventet. I næsten samme sekund stopper alle maskinerne, og det er som om, verden igen vågner op. Larmen fra gaden trænger ind i lokalet. En bil kører forbi, en hund gør, nogle børn leger tagfat. Syerskerne er forandrede, ukendelige. De samler deres ting, stiller stolene på plads, snakker med hinanden. Som var de vågnet af en lang dræbende dvale. En efter en forlader de lokalet for hver især at skynde sig hjem til deres. Fru Kowalski bliver siddende. Hun har endnu ikke sluppet stoffet. Hun står igen i afgangshallen med kufferten i hænderne. I den ligger alle hendes sparepenge. Hun rækker ham den, kysser ham på kinden. "Vi ses", siger han forlegent. Hun græder først, da hun kommer hjem. "Fru Kowalski", lyder det fra kontoret. I samme øjeblik træder manden ind ad gadedøren, stadig med jakken over armen. Han smiler.

Hans guldur skinner i lyset fra lamperne. Han kommer hen imod hende. "Fru Kowalski", lyder det igen fra kontoret. Deres øjne mødes i et strejf af noget velkendt. Han tager hendes hænder i sine. "Kom", siger han. Den tilsynsførende kommer til syne i kontordøren. "Fru Kowalski", siger han endnu en gang, nu utålmodigt. Fru Kowalski rører sig ikke. Hendes hænder har sluppet stoffet, foden har forladt pedalen. Hovedet hviler på maskinen. "Fru Kowalski, De er fyret!", råber den tilsynsførende, men det bekymrer hende ikke mere.

EN TUR PÅ LANDET

Hun skubbede vognen foran sig. Først hurtigt, så langsomt, så hurtigt igen. Lillebroderen hvinede af glæde over suset. Hun udførte bevægelserne mekanisk, ansigtet viste ikke tegn på glæde. Bagved kunne hun høre faderens stemme. Hans dybe, varme stemme, der fik kvinden til at le. Hendes latter var skinger, ubehagelig. Ikke som moderens blide stemme. Hun huskede, hvordan faderen havde taget hende op på skødet inde i stuen. "Jeg har en overraskelse til dig", havde han sagt. Hans stemme havde været glad for første gang i lang tid, og hun havde været spændt. Da det ringede på døren, havde hun ventet en hundehvalp, en ny cykel eller måske bedstemoderen, der kom på besøg. Der havde hun så stået, kvinden der nu insisterede på at blive kaldt mor. Hun havde en dukke med for at aflede hendes opmærksomhed. Hele aftenen havde kvinden siddet i stuen og leet sin skingre latter uden at ænse hende. Hun var krøbet sammen i et hjørne af sofaen og havde i stilhed iagttaget, hvordan kvinden, som heksen fra eventyret, havde omklamret faderen og fortryllet ham. Der var ikke gået længe, før kvinden ikke mere skulle hjem til sig selv. En kat løb over vejen lige foran dem, og lillebroderen rakte ivrigt ud efter den. Han pludrede løs, larmende som altid. Kvinden havde kun boet hos dem i kort tid, da faderen igen havde haft en overraskelse til hende. Hun var blevet glad, havde troet at han endelig havde forstået det, at kvinden endelig skulle forlade dem. Men hendes smil var forsvundet, da kvinden trådte ind ad døren, tog faderen i hånden og erklærede: "Du skal have en lillebror eller –søster!". Hun havde set glæden i kvindens øjne og havde følt nederlaget. Så var foragten og vreden kommet. Faderen var blevet skuffet og vred. Alle havde fortalt hende, at hun måtte være så stolt og spændt. Selv havde hun kun følt sorg. Fortovet endte, og hun drejede klapvognen ud på vejen. En gang havde hun holdt af at gå tur på landet. Nu skulle det helst bare overstås, så hun kunne komme hjem til sig selv igen. Hun kiggede på valmuerne og kornblomsterne i vejsiden. Hendes mor havde lært hende navnene på blomsterne. Hun huskede, hvordan moderen havde flettet en blomsterkrans og sat i hendes hår. "Du er min lille prinsesse", havde hun sagt. Moderens hår havde skinnet som en lyskrans om det kønne ansigt, og hendes blå øjne havde strålet af liv og glæde. Det var før, hun ikke længere kunne stå ud af sengen. Tanken om moderen gjorde hende på en gang glad og trist. Hun skubbede klapvognen hurtigere foran sig. Faderen og kvinden sakkede bagud. Før i tiden havde det været hende, der gik ved faderens side, hende han fik til at le. Han havde taget hende med i byen, med i skoven, ja en gang havde han endda taget hende med på arbejde. Nu var det kvinden, der gik ved hans side og fik hans opmærksomhed. Selv måtte hun nøjes med at skubbe klapvognen. Lillebroderen sad roligt og legede med sin sut. Hun forestillede sig, hvordan det ville være, hvis han ikke længere var der. Hvis hun og faderen igen kunne leve deres eget liv, igen kunne være sammen bare de to. Hun kiggede ned mod søen i det fjerne. Lillebroderen pludrede sorgløst videre. Hun kunne ikke slippe tanken. Tænk, hvis hun igen kunne få faderen for sig selv. Hun havde ikke tænkt over det før, men nu gik det pludselig op for hende. Det var siden lillebroderen kom til, at faderen slet ikke havde haft tid til hende. Han var der altid, larmende og savlende. De kunne ikke gå nogle vegne, uden at han skulle med. Og faderen så træt ud, som om livet blev suget ud af ham. Hun kiggede igen ned mod søen og satte farten endnu mere op. Lillebroderen sad stille med sutten i munden. Småstenene sprang til side under klapvognens hjul. Hun svedte. Lyden af hendes eget hjertes banken fyldte hendes ører. Hun nærmede sig svinget, hvor stien mod søen drejede fra vejen. Hun trak vejret hurtigt. Hun drejede klapvognen ud på vejen for at krydse over til stien. Blikket var fikseret på søen, lyden af hendes hjerteslag overdøvede fuglene. Stien mod søen skrånede nedad. Klapvognen trak i hendes arme. Hun begyndte at småløbe. Lillebroderen grinede. I baggrunden kunne hun høre faderens stemme. Hun lukkede den ude og satte farten mere op. Hurtigere, hurtigere. Lillebroderen holdt op med at grine. Klapvognen havde fået fart på og hev og sled i hendes arme. Hun kunne høre lyden af løbende fødder på vejen oven over hende. Lillebroderen skreg. Hendes hjerte bankede. Vognen føltes så tung. Hendes fingre løsnede grebet om styret. Vognen bumlede i høj fart ned ad stien. I det samme hørte hun lyden af hvinende bremser og en dump lyd bag sig. Hun ville stoppe, se sig tilbage, men foden fik fat i en sten, og hun tumlede forover. Fra et sted langt derfra, en anden virkelighed, hørte hun skrig og råb. Hendes hoved føltes tungt. En varme bredte sig fra panden og ned over kinden. Hun hørte stemmer. Hun ville svare dem, "ja, jeg er her", men følte sig så træt. Det var som om, jorden drejede rundt under hende. Hun lod sig rive med. Lydene forsvandt fra hendes ører, og det blev mørkt.

Uendeligt langsomt trænger en lyd sig igennem til hende. Den uvante lyd af stilhed. Hun åbner forsigtigt øjnene. Hun ligger i en seng med bløde puder under nakken. Verden er hvid og steril. En enlig fugls sørgmodige sang finder vej gennem ruden. Hun drejer hovedet. Stedmoderen sidder ved siden af sengen. Hun synes at ane en tåre i de grå øjne. Hun trækker vejret dybt. Stilheden skærer i hendes ører. Hun kigger uforstående på kvinden ved siden af sengen. Hvorfor sidder hun der? Hun åbner munden for at sige noget, men det eneste ord, der kommer ud er: "Hvor?". Kvinden kigger hende dybt i øjnene, inden hun svarer: "Din lillebror har det godt, han fik kun en enkelt skramme". Mindet rammer hende pludselig som et hårdt slag. Med et ryk sætter hun sig op i sengen. Angsten lyser ud af hendes øjne. "Far?", fremstammer hun med svag stemme. Kvinden kigger længe på hende og stryger hende over panden. "Nu er der kun os tre", siger hun.

FLASKEN, DER VAR SKABT TIL NOGET STORT

Vigtig var den, som den lå der på den bløde silke i den fineste cedertrækasse. Ikke som de andre flasker, der stod klemt sammen i billige trækasser eller endog papkasser og klirrede mod hinanden, hver gang skibet gyngede. Den mærkede intet ubehag ved skibets bevægelser, kun en behagelig kildren, når de dyrebare dråber kærtegnede den indvendigt. Det var vinbonden selv, der havde klistret sin fineste mærkat på og nænsomt placeret flasken i cedertrækassen. Jo, det var nok værd at fortælle om!

Nu lå den her, øverst i lastrummet, på vej ud i den store verden, på vej mod spændende eventyr. Måske ville den havne på en herregård, hvor al snak ville forstumme, når den blev bragt ind i stuen. Hvor børnene ville stimle sammen og beundre den med store øjne, mens herremanden skænkede sig et glas.

Nej, den ville nok gøre sig bedre på et slot, hvor greven fik vinen serveret til aftensmaden i selskab med gode venner. Den ville stå og pryde bordet, mens selskabet overøste den med roser.

Nej, heller ikke. I virkeligheden hørte den hjemme ved kongens hof. Her ville den ligge i den kongelige vinkælder og vente på den helt rigtige dag. En dag med royalt besøg fra udlandet. Hofmarskalen selv ville hente den frem fra kælderen, støve den af og placere den på et sølvfad, inden den under stor opmærksomhed og fanfarer ville svæve rank gennem spisesalen og kaste glans over hele hoffet. Konger ville frydes, og dronninger falde i svime over dens indhold.

Ét var sikkert; den var skabt til noget stort! Hvis ikke den havde været lavet af glas, og derfor var ganske stiv, ville flasken stolt have knejset med nakken.

Netop som den bedst forestillede sig, hvordan kongen løftede den majestætisk op i kandelabernes skær, lød et kæmpe brag. Først så flasken for sig, hvordan slottets kanoner blev affyret for at hylde den, men en højlydt knirken og knagen bragte flasken tilbage i cedertrækassen i lastrummet.

Det føltes som om, noget rykkede i kassen. Det rykkede hårdere og hårdere, og pludselig slap den sit tag i underlaget og begyndte at rutsje ned ad bakke. Rundt omkring den splintredes billige kasser mod hinanden, og flasker klirrede og blev til en regn af glasskår, mens deres indhold spredtes i lastrummet og blandede sig med indholdet fra andre flasker. Den fine cedertrækasse fik ridser og en enkelt revne, men holdt sit beskyttende greb om flasken.

Flasken forsøgte at få et glimt ud af revnen, men der var kun mørke at se, og inden den nåede at forstå, hvad der skete, havnede den med et plask i vandet. Her skulle man tro, der var mere fred og sikkerhed, men bølgerne kastede den rundt mellem vragrester og klippeskær.

Og nu begyndte vandet at trænge ind. Kassen blev langsomt, men sikkert fyldt op, og den bløde silke sugede vandet til sig og blev ganske slap. Flasken jamrede sig, da vandet tog fat i dens fine mærkat og begyndte at opløse den. Netop da flasken ikke troede, det kunne blive værre, lød endnu et brag. Kassen gav op, flækkede på langs og lod flasken sejle ud for at møde sin egen skæbne.

Flasken måtte nu selv styre ud og ind mellem de faretruende klipper, der alle rakte deres skarpe kanter frem mod den og forsøgte at knuse den som de mange andre ulykkelige flasker.

Men flasken undgik behændigt klipperne. Og pludselig blev den grebet af en stor bølge, der løftede den højt op i luften og bar den helt ind på stranden. Den bølgede frem og tilbage i strandkanten, inden den fik lagt sig godt til rette i det fugtige sand.

Her lå den så i den kølige nat og kiggede op på stjernerne og skyerne, mens vinden og havet fortsat rasede, og klipperne krævede nye ofre. Væk var dens drømme om kongehof og fanfarer.

Da morgenen kom, var havet igen roligt, og flasken lå og skinnede i solen blandt vraggods og tang.

Resterne af dens før så fine mærkat tørrede langsomt ind til et krøllet, ulæseligt stykke papir. Mens flasken således lå og tænkte over livet, hørte den pludselig fodtrin. En sømand i forrevne klæder og med en lang flænge på sit ene ben, bevægede sig hen ad stranden, mens han rodede i vraggodset. Da han kom til flasken, standsede han og samlede den op. Et smil bredte sig i hans ansigt, og flasken genfandt pludselig håbet.

Den var blevet reddet! Nu skulle den bare bringes til rette sted, pudses, have en ny mærkat og placeres i en ny æske, så ville den kunne fortsætte sin færd. Der var virkelig ingen tvivl om, at den var skabt til noget stort. Se blot, hvordan den havde klaret sig igennem skærene, mens alle de andre flasker var gået til grunde.

Men sømanden havde andre planer med flasken. Han hev proppen af, satte flasken for munden og lod de gyldne dråber løbe dels ned i halsen, dels ud af mundvigene.

Hvis flasken havde haft en stemme, var det nu, den ville have brugt den til at skrige. Nej, ville den skrige, nej! Det er helt forkert, det var ikke sådan, det skulle være.

Men sømanden tog ikke notits af flaskens ædle herkomst. Han drak ufortrødent videre, mens flasken mærkede, hvordan modet, håbet, ja selve livet langsomt drænede ud af den. Til sidst var den helt tømt, ikke blot for vin, men også for livslyst og mening.

Sømanden satte sig i sandet og placerede flasken ved siden af sig. Han fandt en lap papir og en blyant frem, som havde overlevet forliset, og begyndte at skrive.

Flasken kunne ikke være mere ligeglad. Den svævede bort i sine egne dystre tanker. Lige indtil den mærkede en underlig, kradsende fornemmelse i halsen. Sømanden var i færd med at stoppe det sammenrullede papir ned i halsen på den, og inden den vidste af det, havde den fået et nyt indhold. Et laset, beskidt stykke papir. Og nu kom proppen også i igen, som om sømanden mente, det var værd at beskytte papirlappen. Det var en hån.

I næste nu blev flasken løftet op og kastet gennem luften. Den svævede et kort stykke tid og undrede sig over den sære vægtløse fornemmelse, inden den igen havnede i vandet med et plask.

Vandet var nu blikstille. Flasken sejlede modløst af sted over sølvspejlet mod nye horisonter. Den sidste rest af den engang så fornemme mærkat blev langsomt opløst og forsvandt ud i glemslen på havets bund. Intet vidnede nu længere om flaskens fornemme fortid.

Efter længe at have sejlet rundt på må og få mødte flasken endelig kysten og skyllede op på stranden. Denne strand var fin og ren, og det var mere, end hvad man kunne sige om flasken.

Sådan lå den, beskidt og fortabt, i strandkanten. Den mærkede, hvordan solen skinnede, og tanglopperne legede tagfat på dens hals, da der pludselig kom en stor hund løbende. Hunden snusede nysgerrigt til flasken, så tanglopperne fik travlt med at komme væk. Så begyndte den at gø, og dens ejer kom hen til den og klappede den.

- Det er bare en gammel flaske, Buster, sagde han og skulle til at gå videre, da den beskidte papirlap fangede hans opmærksomhed.

Han rynkede panden og bøjede sig ned.

- Hvad i alverden..., sagde han.

Han tog proppen af og fiskede brevet op. Efterhånden som han læste det, fik han et bekymret udtryk i ansigtet. Han stak hurtigt brev og prop i flasken igen.

- Kom, Buster, sagde han,
- Vi skal skynde os hjem.

Flasken havnede nu i et gammelt skur. Her stod den blandt malingrester, rustne haveredskaber og jordslåede klude. Edderkopperne kravlede på den og spandt deres klistrede spind i dens hals.

Manden og hans hund kom en gang imellem ind i skuret for at hente noget eller for at fylde mere ind, men ingen af dem værdigede den gamle, støvede flaske et blik.

Dagene gik, og flasken blev mere og mere trist. Til sidst ønskede den blot, at den havde ladet sig knuse mod klipperne, den gang i den mørke nat. At den var splintret i tusinde stykker og dalet som små klare stjerner ned på havets bund.

En dag som alle andre, hvor flasken stod opslugt af sine egne triste tanker, åbnedes skurdøren. Ind kom manden med sin hund som så mange gange før, men denne gang var de ikke alene.

- Den må være her et eller andet sted, sagde manden og begyndt at rode mellem malerdåser og gamle aviser. Hunden snusede rundt og logrede.

- Ja, her!, udbrød manden efter et øjeblik.
Han rakte frem mod flasken og tog den ud af det mørke hjørne. Han tørrede det værste støv af, inden han rakte den til den fremmede mand.

- Er det virkelig den?, sagde den fremmede mand med rystende stemme.
Manden med hunden nikkede:
- Det er den selvsamme flaske, som jeg fandt brevet i.

Den fremmede mand vendte sig om mod sollyset, og pludselig genkendte flasken ham. Det var sømanden, der havde drukket det dyrebare indhold for i stedet at fylde flasken med krøllet papir og kaste den i havet. Hvad ville han dog med den? Sådan en gammel, støvet og helt værdiløs flaske.

- Tak, sagde sømanden, og en tåre kom frem i hans øjenkrog,
- Tak.

Han tog flasken med hjem og vaskede og rensede den, så den skinnede som ny. Han pudsede den og tog den med ind til sit arbejdsbord. Her begyndte han at fylde nye ting i flasken. Det kildede sjovt i maven på flasken, og den glædede sig over at være sluppet ud af skuret.

Efter flere ugers arbejde kunne sømanden endelig betragte sit færdige værk. En fin, lille kopi af skibet var blevet rejst i maven på flasken.

Sømanden satte atter proppen i flasken og bar den forsigtigt ind i stuen. Her placerede han den på hylden over kaminen. Det var husets bedste plads. Så kaldte han på familien.

Da konen og hans tre børn var samlet omkring ham, lagde han armene om dem og sagde: - Se, her er flasken, der reddede mit liv og bragte mig hjem til jer igen.

De omfavnede alle hinanden og betragtede flasken med en sådan varme og glæde, at den pludselig følte sig helt levende igen. Ja, faktisk mere levende end den nogensinde havde følt sig før.

Og der var ikke længere nogen tvivl, den var ganske rigtig blevet skabt til noget stort.

OM FORFATTEREN

Eva Nølke (født 1975) er uddannet cand.scient i biologi og har bl.a. arbejdet som forsker og gymnasielærer. Hun har i den forbindelse udgivet en række faglitterære artikler.

Evas hjerte har dog altid banket for skønlitteraturen, og hun skrev sin første lille historie som otteårig. Siden er det blevet til en række noveller og en enkelt roman. Eva vandt i 2003 Jyllands-Postens novellekonkurrence.

Eva har tidligere opbygget og drevet litteraturportalen lifli.dk, hvor flere af hendes noveller har kunnet læses. Nu bruges hjemmesiden til at præsentere Evas forfatterskab.